W0024377

Les plus belles
histoires du
Père Castor
avec les animaux

www.editions.flammarion.com

Conception graphique : Flammarion

Éditions Flammarion (n° L.01EJDN001213.C002)
87, quai Panhard-et-Levassor – 75647 Paris Cedex 13
ISBN : 978-2-0813-7478-2 – Dépôt légal : août 2016
Imprimé en Espagne par Graficas Estella en novembre 2016
Loi n° 49-956 du 16 juillet 1949 sur les publications destinées à la jeunesse

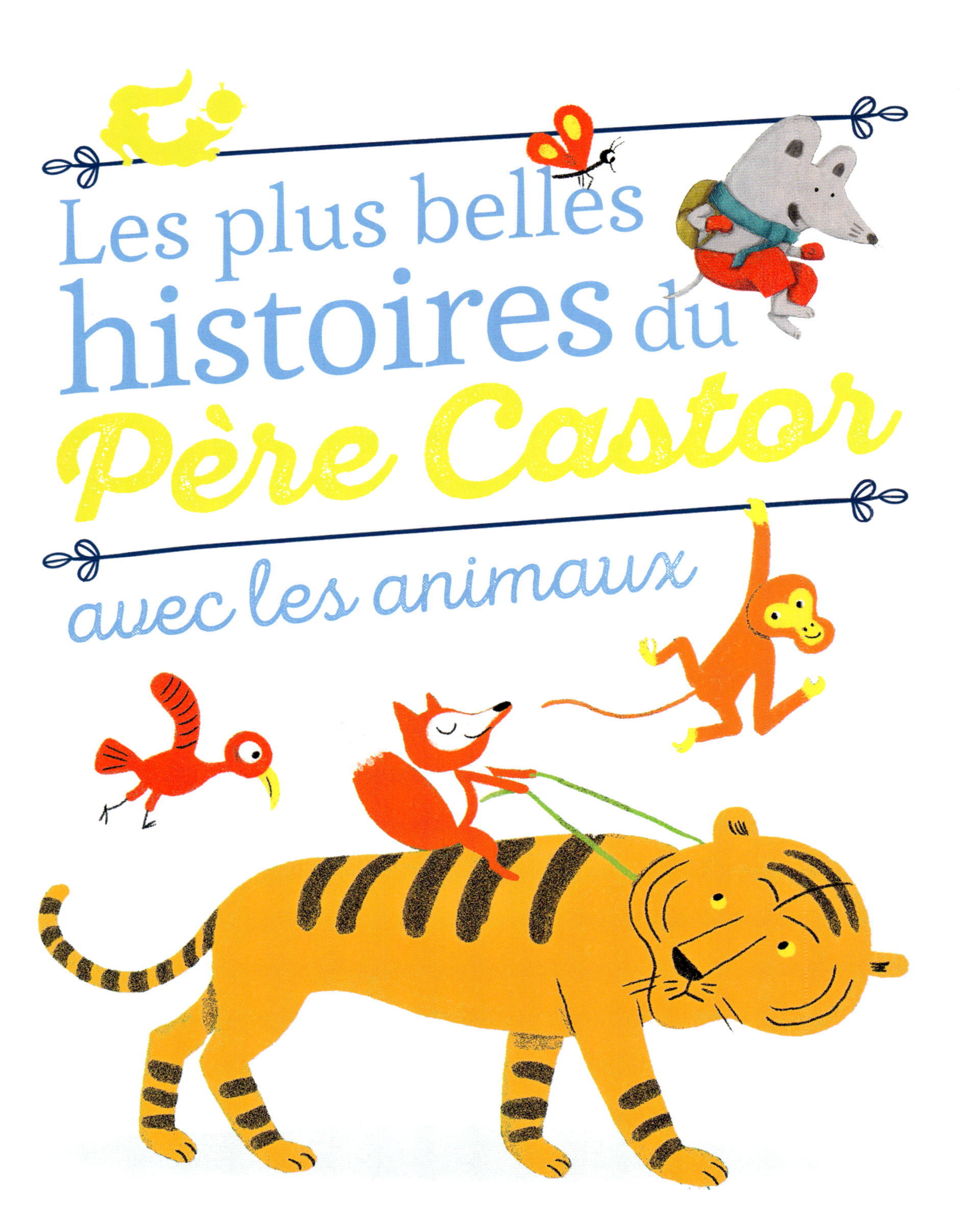

Père Castor • Flammarion

Le petit lapin malin

Un conte du Cambodge raconté par Robert Giraud,
illustrations de Vanessa Gautier

Un jeune lapin aimait bien venir jouer au bord du lac,
dans l'ombre d'un grand arbre.

Il courait après les papillons
et se roulait dans l'herbe tendre.

Mais un jour, des hommes vinrent et abattirent l'arbre
pour se fabriquer une pirogue.

Il ne resta de l'arbre qu'une souche bien lisse,
où apparurent des gouttes de résine dorée.

Le petit lapin se dit que la souche
serait un endroit commode pour se reposer.

Il y grimpa d'un bond et s'y installa.

Un peu plus tard, le petit lapin en eut assez
d'être assis et essaya de se relever.
Mais pas moyen de détacher son derrière!
Il prit peur. Il se voyait déjà condamné à mourir
sur cette souche, sans pouvoir aller manger de l'herbe
ni boire de l'eau du lac.

Cependant, le petit lapin n'était pas du genre
à se laisser abattre.
Il se dit qu'il devait réfléchir et qu'ainsi il trouverait
peut-être une solution.
Il ferma même les yeux pour ne pas être dérangé
par les oiseaux multicolores qui voletaient tout autour.

Le lapin fut tiré de ses réflexions
par un grand bruit.
C'était un gros éléphant qui se dirigeait
vers le lac en faisant craquer les branches
et en écrasant les buissons.

Il faisait très chaud et l'éléphant avait très soif.

Le petit lapin interpella l'énorme animal :
– Je t'interdis de boire cette eau, éléphant !
Elle est à moi et à moi seul !

Sans prêter la moindre attention au lapin,
l'éléphant plongea sa trompe dans l'eau.

– Dis donc, toi, s'énerva le petit lapin,
tu ne comprends pas ce que je te dis ?
Si je suis planté sur cette souche,
c'est pour empêcher les animaux de venir
boire mon eau sans ma permission.

Indifférent à ses paroles, l'éléphant continuait à pomper l'eau avec sa trompe.

Le lapin se fâcha et cria, en faisant de grands gestes de ses pattes de devant :
– Si tu ne m'obéis pas, j'arracherai ta trompe et je casserai tes défenses ! Tu m'entends ? Va-t'en tout de suite !

L'éléphant éclata de rire et, comme il avait assez bu, il commença à s'asperger d'eau avec sa trompe.
– Il n'y a pas de quoi rire, insista le petit lapin. Tu riras moins quand je t'aurai arraché la trompe et cassé les défenses !

L'éléphant s'approcha du lapin et lui jeta un regard méprisant :
– Tu n'es qu'un bavard et un vantard ! Si je te marche dessus, je te réduirai en bouillie.
– C'est moi qui vais te réduire en bouillie, si tu continues ! répliqua le petit lapin.

Alors, l'éléphant allongea sa trompe,
souleva le petit lapin et l'expédia dans l'herbe.
– Allez, décampe ! lui cria-t-il.
Et à l'avenir ne dis plus de bêtise !

Trop content d'avoir retrouvé sa liberté,
le petit lapin se mit à danser autour de la souche.
Il n'avait même pas vu que sa queue y était restée collée !

Quant à l'éléphant, sans plus lui prêter attention,
il repartit dans la forêt.

Et c'est depuis ce temps-là
que les lapins ont une toute petite queue.

La petite poule rouge

Un conte de la tradition raconté par Anne Fronsacq,
illustrations de Madeleine Brunelet

Une petite poule rouge grattait dans la cour
quand elle déterra un grain,
un beau grain de blé tout craquant.

– Qui va m'aider à planter cette graine ? dit-elle.
– Pas moi ! répondit le canard.
Je dois aller nager dans la mare.
– Ni moi ! répondit l'oie.
Il faut que je m'occupe de mes petits.

La petite poule rouge demanda au chat :
– Veux-tu m'aider à planter cette graine ?
– Non ! Non ! Pas moi ! répondit le chat.
Je n'ai pas le temps. Je dois chasser les souris.

La petite poule rouge alla trouver le dindon :
– Veux-tu m'aider à planter cette graine ?
– Non ! Non ! Pas moi ! répondit le dindon.
Il fait trop chaud, je préfère rester à l'ombre.

La petite poule rouge prit une grande pelle
et son chapeau de paille et s'en alla au jardin.
« Puisque c'est comme ça, se dit-elle,
je vais la semer toute seule ! »

Et c'est ce qu'elle fit.

La graine poussa très vite.
Et bientôt une belle tige bien droite sortit de terre.
Il était temps de l'arroser.
La petite poule rouge demanda :
– Qui veut m'aider à arroser l'épi de blé ?

– Pas moi ! répondit le canard.
– Pas moi ! répondit l'oie.
– Pas moi ! répondit le chat.
– Pas moi ! répondit le dindon.

La petite poule rouge attrapa un grand arrosoir
et le remplit d’une eau bien fraîche.
« Puisque c’est comme ça, se dit-elle,
je vais l’arroser toute seule ! »

Et c’est ce qu’elle fit !

Le soleil chauffait très fort,
et les grains de blé furent bientôt mûrs.
– Qui veut m'aider à les cueillir ?
demanda la petite poule rouge.
– Pas moi ! dit le canard.
– Pas moi ! dit l'oie.
– Pas moi ! dit le chat.
– Pas moi ! dit le dindon.
– Alors, je les cueillerai toute seule !
répondit-elle.

Et c'est ce qu'elle fit.

La petite poule rouge mit les grains de blé
dans une brouette et les porta au moulin.

Le meunier moulut les grains
qui se transformèrent en une belle farine
toute blanche et fine.

Quand elle rentra à la maison
la petite poule rouge demanda :
– Qui veut m'aider à faire la pâte ?
– Pas moi ! dit le canard.
– Pas moi ! dit l'oie.
– Pas moi ! dit le chat.
– Pas moi ! dit le dindon.
– Alors, je la ferai toute seule !
dit la petite poule rouge.

Et c'est ce qu'elle fit.

Bientôt, la pâte fut prête à mettre au four.
– Qui veut m'aider à la faire cuire ?
demanda la petite poule rouge.

– Pas moi ! dit le canard.
– Pas moi ! dit l'oie.
– Pas moi ! dit le chat.
– Pas moi ! dit le dindon.
– Alors je l'enfournerai toute seule !
dit la petite poule rouge.

Et c'est ce qu'elle fit.

Une fois la pâte cuite à point,
la petite poule rouge mit la belle brioche dorée
à refroidir sur le bord de la fenêtre.

– Et maintenant, demanda la petite poule rouge, qui veut m'aider à manger cette brioche ?

– Moi ! Moi ! J'en veux ! cria le canard.
– Moi ! Moi ! J'en veux ! cria l'oie.
– Moi ! Moi ! J'en veux ! cria le chat.
– Moi ! Moi ! J'en veux ! cria le dindon.

– Eh non, pas vous, je vais la manger toute seule ! répondit la petite poule rouge.

Et c'est ce qu'elle fit...

Lou, la brebis

Karin Serres, illustrations d'Hervé Le Goff

Il était une fois une jolie petite brebis qui s'appelait Lou.
Mais son prénom la rendait très malheureuse,
car tous les agneaux de son âge pensaient :
« Lou comme un loup dévoreur d'agneaux ? Lou comme l'affreux grand méchant loup ? »
Ils avaient peur de Lou, et aucun ne voulait jouer avec elle.

Le temps passa, les agneaux grandirent et Lou aussi.
Mais ce fut pire.

Au lieu de la craindre, les petits moutons de son âge
se moquaient d'elle :
– Eh, loup, montre-nous comment tu hurles à la lune !
Dresse tes oreilles noires !
Montre tes dents pointues !
Lou, Lou, grande méchante loup, attrape-nous !

Et ils ne voulaient toujours pas jouer avec elle.

Le temps passa, les petits moutons devinrent
de jeunes béliers aux cornes dorées.
Lou grandit, elle aussi. C'était maintenant
une ravissante brebis à la laine pâle et douce
comme un nuage. Hélas, chaque fois
qu'un bélier tombait amoureux d'elle,
son malheureux prénom le faisait fuir !
Au moment où, les yeux dans ses yeux,
le bélier murmurait : « Je t'aime, Lou »,
il sursautait : aimer un loup ?
Il prenait alors ses jambes à son cou.
Et Lou n'avait toujours personne avec qui jouer.
Personne à qui confier ses secrets. Personne à câliner.

Alors Lou alla trouver ses parents.
– Papa, maman, pourquoi m'avez-vous donné ce nom si dégoûtant ?
– Parce qu'il nous plaît beaucoup, répondit son père.
– Parce qu'il est chou ! renchérit sa mère.
– Et moi alors, avez-vous pensé à moi en m'appelant comme ça ? À cause de ce fichu prénom, je n'ai pas eu un seul ami mouton et maintenant aucun des béliers ne veut m'aimer ! Je déteste ce nom ! Je veux en changer !

– Impossible, fit son père, nous ne pourrions pas
nous y habituer.
– Et puis, chérie, dit sa mère, personne ici ne pourrait
oublier le premier, celui que nous t'avons donné, avec amour.
– Alors je vais partir très loin, cria Lou,
là où personne ne me connaît !

Et Lou très en colère s'en alla toute seule
dans le blanc de l'hiver.

Elle marcha droit devant elle, sans s'arrêter et troua la neige
de ses petits sabots bien cirés, jusqu'à ce qu'elle finisse
par se sentir calmée.
« Je ferais mieux de rentrer maintenant, se dit-elle.
Papa et maman vont être inquiets. »

Mais entre-temps, la nuit était venue et Lou eut beau chercher,
elle ne retrouva plus son chemin. Dans la nuit noire, impossible
de voir le sapin tordu au coin duquel elle avait tourné.
Et puis la neige était tellement tombée que ses traces avaient
disparu. Lou était complètement perdue !
« Il ne faut pas que je pleure, pensa-t-elle avec terreur,
un loup pourrait m'entendre. »

Elle réfléchissait à un plan pour prévenir ses parents quand, tout à coup, elle eut la plus grande peur de sa vie : là-bas, dans l'encre de la nuit, deux yeux venaient de s'allumer. Deux yeux aux lueurs jaunes qu'elle connaissait. Les yeux d'un loup féroce qui allait la dévorer !

Désespérée, elle se jeta dans la neige en bêlant :
– Ne me mangez pas, s'il vous plaît ! S'il vous plaît ! S'il vous plaît !

Mais les yeux jaunes ne bougeaient pas, ni le loup auquel ils appartenaient.

Méfiante, Lou fit un pas de côté pour s'en aller : toujours rien. Elle aurait dû en profiter pour fuir mais Lou était curieuse. Il y avait là quelque chose qui l'intriguait.

À nouveau, elle regarda attentivement les deux yeux jaunes…
et elle vit une larme y briller.
Des larmes dans les yeux d'un loup ? Jamais elle n'aurait cru
que cela pouvait arriver !
Lou fut prise de pitié :
– Ça ne va pas ? demanda-t-elle d'une toute petite voix.
– Noooon ! gémit le loup.
– Pourquoi ?
– C'est à cause de mon nom !
– Votre nom ? Non !
– Si ! Mes parents, qui sont du Midi, m'ont appelé Ange.
Ange, vous pensez ? Pour un loup, c'est un nom impossible
à porter ! Et ça me rend si malheureux…
– Vous êtes sérieux ? C'est fou, moi mes parents
m'ont appelée Lou !

Ange le loup éclata de rire. Lou la brebis sentit son cœur frémir.
Ils se serrèrent l'un contre l'autre pour se réchauffer.
Et toute la nuit, ils se racontèrent des secrets.
Enfin, ils avaient un ami !
Quelqu'un à qui parler !
Quelqu'un qui les comprenait…

La nuit pâlit, l'aube se leva, et chacun dut repartir de son côté.
Le cœur léger, Lou s'en alla dans la neige craquante.
Au sapin tordu, elle agita une dernière fois la main vers Ange
qui n'était plus qu'un petit point noir. Puis elle tourna au coin.

Lou a retrouvé son troupeau, Ange est retourné dans sa horde.
Ils ne se sont jamais revus mais ils s'écrivent régulièrement :
une fois par an, tous les hivers, comme une sorte
d'anniversaire. Parce que tout a changé depuis ce jour-là.
Aux dernières nouvelles, Ange est amoureux
d'une jeune louve aux yeux bleus.
Quant à Lou, elle a trouvé son bélier charmant.
Ils ont déjà trois enfants.
Trois beaux agneaux tout blancs qui s'appellent
Rimoc, Pernul et Fastir.
Des prénoms chou, et qui ne veulent absolument rien dire.

Un travail de fourmis

Zemanel, illustrations de Vanessa Gautier

Un jour, à force de patauger dans l'eau glacée,
l'ours brun s'est enrhumé.
De retour dans sa grotte, il se met à éternuer.
Une fois, deux fois, sept fois...
Tant et tant, qu'un rocher finit par se décrocher et boum !
vient bloquer l'entrée de la grotte.

L'ours a beau pousser et pousser encore,
rien à faire, le rocher ne veut pas bouger.

– Au secours ! crie l'ours brun paniqué. Aidez-moi !
Je suis coincé, un rocher est tombé et l'air va me manquer !
– Me voici ! dit une petite voix.
– Qui donc ?
– Moi, la petite fourmi. Je vais t'aider !
– D'accord... mais fais vite, supplie l'ours,
sans quoi, je serai bientôt mort.

La fourmi pousse, pousse de toutes ses forces,
mais un rocher n'est pas une brindille
et l'ours reste coincé.
– Ce travail n'est pas pour moi ! dit la fourmi,
mais ne t'inquiète pas, l'ours,
je vais trouver un animal plus gros et plus fort.

Aussitôt, la fourmi grimpe sur une branche
et appelle à l'aide :
– Vite ! L'ours est coincé, un rocher est tombé
et l'air va lui manquer !
– Pas de panique, me voici ! clame le blaireau.
Laisse-moi régler cette affaire.

Le blaireau tire, tire et grimace d'effort.
De son côté, l'ours pousse, pousse,
mais... rien à faire le rocher ne veut pas bouger.
– Il nous faudrait quelqu'un d'autre, bougonne le blaireau.
Tout seul, je ne suis pas assez fort.

La fourmi grimpe à nouveau sur sa branche
et appelle au secours :
– Vite ! L'ours est coincé, un rocher est tombé
et l'air va lui manquer !
– Rassurez-vous, je suis là, dit une grosse voix.
Et… à pas de velours, le loup rejoint le blaireau.
– À deux, cela ne devrait poser aucune difficulté, dit-il.
Blaireau et Loup tirent de toutes leurs pattes.

De son côté, l'ours pousse de toutes ses forces,
mais… rien à faire le rocher ne bouge pas d'un millimètre.
– Il nous faudrait encore quelqu'un d'autre.
À nous deux, nous ne sommes pas assez forts, avoue le loup.

La fourmi grimpe encore une fois sur sa branche,
et appelle au secours de toute sa voix :

– Vite ! L'ours est coincé, un rocher est tombé
et l'air va lui manquer !
– Ne vous inquiétez pas, me voilà !
dit un élan qui arrive à longues enjambées.
Vous allez voir, à trois, le rocher ne devrait pas résister.

Blaireau, Loup et Élan s'essoufflent à tirer.
De son côté, l'ours s'épuise à pousser,
mais... rien à faire, le rocher ne veut toujours pas bouger.
– Nous ne sommes pas assez forts ! constate l'élan.
Il nous faudrait être quatre pour venir
à bout de ce rocher.

La fourmi se précipite à nouveau sur sa branche d'arbre
et hurle aussi fort que possible :
– Vite ! L'ours est coincé, un rocher est tombé
et l'air va lui manquer !

Son cri retentit dans toute la forêt, et même au-delà,
jusqu'à la prairie, jusqu'à l'oreille d'un bison.
Personne dans les environs n'est aussi fort
et aussi puissant que lui !
En quelques instants, le voilà prêt à apporter son aide.
– Avec moi, le rocher va bouger, affirme-t-il,
l'ours sera bientôt libéré.

À l'extérieur, Blaireau, Loup, Élan et Bison
tirent, les muscles tendus, les mâchoires serrées.
À l'intérieur, l'ours pousse de ses pattes, de sa tête
et de son nez, mais… rien à faire, le rocher reste bloqué.

Sur sa branche, la fourmi n'a plus de voix tant elle a crié.
Que faire ? Que va devenir l'ours ?

Ils essaient à nouveau tous ensemble
deux fois, sept fois, cent fois…

Le temps passe, le soleil descend, descend...
et bientôt, c'est la nuit.
Le rocher, lui, n'a toujours pas bougé.

Blaireau, Loup, Élan et Bison, épuisés, se sont endormis.
Dans la grotte, Ours aussi s'est assoupi.
Mais la fourmi le sait bien, si le rocher reste là,
l'air va finir par manquer et l'ours va étouffer.

Alors elle s'élance désespérément
dans la forêt pour trouver de l'aide.
Elle y passe des heures, elle y passe la nuit...

Le soleil se lève déjà.

Chacun se réveille et... SURPRISE !
– Incroyable ! s'exclame l'élan.
– Le rocher a disparu ! s'écrie le loup.
– Qui donc a pu faire ça ? s'étonne le blaireau.
– Certainement pas l'ours, regardez ! Il dort encore ! constate le bison.

– C’est moi ! répond la petite fourmi.
– Toi ? Comment est-ce possible ?
demandent-ils tous les quatre en chœur.
– Moi et mes amies ! reprend la fourmi.

Et aussitôt on entend cent mille petites voix qui crient :
– C’est nous ! C’est nous ! C’est nous !...

Pendant la nuit, la petite fourmi aidée
de toutes ses amies, cent mille en tout,
ont attrapé le rocher et l’ont jeté loin, très loin...

Les cris réveillent l’ours brun.
Le voilà enfin libéré.
– Merci les amis ! dit-il,
tout heureux de respirer à pleins poumons.

Décidément, ce travail n’était pas pour le blaireau,
ni pour le loup, ni pour l’élan ni même
pour le bison...
C’était un travail de fourmis.

Le dragon de Cracovie

Un conte polonais raconté par Albena Ivanovitch-Lair,
illustrations de Gwen Keraval

Au bord de la rivière Wisla, en Pologne, sur le flanc d'une haute montagne, s'ouvre une grotte profonde et obscure.
On dit qu'autrefois cette grotte était habitée par le plus fort et le plus terrible des dragons.
Un dragon énorme à l'appétit vorace qui ne dédaignait aucune nourriture, ni les poules, ni les brebis, ni les chevaux, ni même les hommes.

Le jour, l'horrible bête semait la terreur dans les champs et dans les rues. La nuit, ses ronflements faisaient trembler la montagne et empêchaient de dormir les habitants du voisinage.
Tous, hommes et animaux, vivaient dans la crainte et l'effroi.
La tristesse et le malheur avaient envahi les cœurs.

Les habitants, qui n'en pouvaient plus, allèrent trouver leur roi.
– Ce dragon nous terrorise, se plaignirent les paysans.
Nous n'osons plus aller travailler dans nos champs.
– Nos troupeaux sont massacrés, reprirent les bergers.
Nos chiens sont impuissants devant ce monstre.
Il faut absolument le tuer !
– Nous ne pouvons pas laisser nos enfants jouer dehors, se lamentèrent les mères. Ils n'arrêtent pas de pleurer.
Aidez-nous !

Le roi les écouta tous attentivement, hocha la tête, puis annonça solennellement :
– Le temps est venu d'aller combattre le dragon. Je promets une splendide récompense à celui qui réussira à débarrasser le pays de ce cracheur de feu.

Un noble chevalier s'avança et se déclara prêt à combattre la bête. Il revêtit son armure la plus solide, prit sa lance la plus longue et enfourcha son cheval le plus rapide.
Il n'était même pas arrivé au sommet de la montagne que le dragon souffla un jet de flammes sur le courageux jeune homme qui roula au fond d'un gouffre.

Tour à tour, les hommes les plus valeureux du royaume affrontèrent en vain la bête horrible.

Aucune arme ne réussit à atteindre le dragon : les flèches glissaient sur sa peau, les épées se tordaient, les lances se cassaient comme des allumettes entre ses dents ! Beaucoup des guerriers perdirent la vie.

Les habitants commençaient à désespérer quand, un matin, un jeune berger prénommé Crac demanda audience au roi. Les courtisans, stupéfaits, virent s'avancer vers le trône un jeune garçon pauvrement vêtu.

Lorsque Crac expliqua au roi qu'il voulait combattre le dragon, tous éclatèrent de rire.

– Comment ose-t-il prétendre réussir là où tant d'hommes courageux ont échoué ?

– Où sont ses armes, son casque ? Où est son cheval ?

– Sire, dit le jeune berger sans se démonter, faites-moi confiance, vous ne le regretterez pas.

– Laissons-lui tenter sa chance, décida le roi. S'il parvient à nous débarrasser du dragon, je lui donnerai la main de la princesse, ma fille.

Le jeune Crac s'inclina profondément devant le roi et sortit.

De retour chez lui, Crac prit des braises chaudes dans l'âtre
et la peau d'un mouton qui venait de mourir, puis il se dirigea
vers la montagne.
Arrivé devant la grotte du dragon, il sortit la peau de mouton
de son sac et y fourra les braises encore fumantes.
Vite, il déposa le mouton à l'entrée et alla se cacher
derrière un rocher.

Le dragon ne tarda pas à se réveiller.
Tenaillé par une énorme faim, il sortit de sa grotte
avec un terrible grognement.
Dès qu'il vit le mouton, il se jeta sur lui et l'avala d'une bouchée.
Mais aussitôt une terrible douleur lui brûla le ventre.

Hurlant, soufflant et crachant, le dragon se précipita
vers la rivière.
Ouvrant grande sa gueule, l'horrible bête but sans s'arrêter
pendant des heures, dans l'espoir d'éteindre l'incendie
qui lui dévorait les entrailles.

Toute l'eau que le dragon avait engloutie, chauffée
par les braises ardentes, se mit à bouillir. La vapeur lui dilata
le ventre qui, avec un énorme bang, éclata comme un ballon !
Alors le jeune Crac sortit de sa cachette
et appela les habitants de la ville.

Hommes, femmes et enfants acclamèrent le jeune berger, l'aidèrent à tirer la dépouille du dragon hors de l'eau et dansèrent autour une joyeuse farandole.

Le roi vint féliciter Crac pour son intelligence et son courage, et comme promis, lui accorda la main de sa fille.

C'est ainsi que Crac le jeune berger débarrassa le pays
du dragon et épousa la fille du roi.
Quelques années plus tard, il devint roi à son tour.
Il n'oublia pas les malheurs qu'avait causés le dragon et,
pour mettre pour toujours ses sujets à l'abri, il entoura la ville
de puissantes murailles.

Et c'est ainsi qu'au bord de la rivière Wisla, en Pologne,
se dresse aujourd'hui une superbe cité aux remparts solides.
Elle porte le nom de Cracovie en souvenir du jeune Crac
qui sauva ses habitants.

Le petit éléphant têtu

Un conte d'Afrique raconté par Albena Ivanovitch-Lair,
illustrations de Vanessa Gautier

Il était une fois un tout jeune éléphant qui vivait en Afrique.
Il était têtu et aimait n'en faire qu'à sa tête.
Un jour toute la famille éléphant décida
de faire une longue promenade dans la brousse.
– En route ! annonça le papa éléphant.
– Je ne veux pas aller me promener ! répondit le petit éléphant.
– Nous sommes tous prêts, viens avec nous ! lui dit sa maman.
Le petit éléphant secoua la tête :
– Non et non, j'ai pas envie.
– Allez viens, arrête de bouder ! insistèrent son frère et sa sœur.
– NON, NON ET NON, je veux rester ici !!!
– Eh bien, dit papa éléphant, puisque c'est comme ça,
nous partirons sans toi.

Et toute la famille éléphant
partit, les parents devant,
les enfants derrière.

Confortablement installé à l'ombre d'un grand acacia, le petit éléphant les entendit s'éloigner dans la chaleur du matin.
« Je suis bien content de rester ici, se dit-il. J'ai horreur de marcher des heures sous le soleil. »

Le temps passa.
Le petit éléphant commença à s'ennuyer et à regretter de ne pas avoir suivi sa famille.
« Ils m'ont tous abandonné, gémit-il.
Ils auraient pu m'attendre !
Puisque c'est comme ça, je ne veux plus être un éléphant... »

Il se roula dans l'herbe, les quatre pattes en l'air, en poussant des cris de fureur, pour imiter les petits lionceaux qu'il avait vus la veille dans la grande prairie.

Une gazelle arriva en sautillant sur ses longues pattes fines.
En voyant l'éléphanteau, elle prit peur et se mit à courir,
en faisant des grands sauts élégants.

« Ah, voilà une bonne idée ! »
se dit le petit éléphant.
Et il commença à sauter pour imiter la gracieuse gazelle.

Mais il s'emmêla la trompe et les pattes,
et s'arrêta tout essoufflé.

« Oh, ce n'est pas amusant d'être une gazelle,
c'est même fatigant ! » se dit-il,
en secouant ses grandes oreilles pour se rafraîchir.

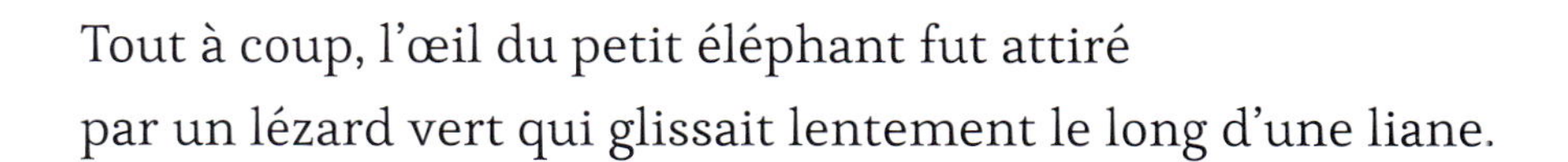

Tout à coup, l'œil du petit éléphant fut attiré
par un lézard vert qui glissait lentement le long d'une liane.

« Tiens, c'est une idée, se dit le petit éléphant,
je vais faire du toboggan comme lui ! »

Aussitôt, il attrapa une grosse liane avec sa trompe
mais sous son poids celle-ci se rompit comme un brin d'herbe.
Et le petit éléphant se retrouva par terre la trompe
dans la poussière.

« Oh, ce n'est pas du tout amusant d'être un lézard ! »
se dit-il, en se frottant le derrière.

Le petit éléphant entendit le cri des singes
qui se poursuivaient dans la clairière.
« Quelle bonne idée ! se dit-il.
Je vais jouer à cache-cache comme eux ! »

Et il se précipita pour les rejoindre.

En une minute, les singes l'avaient encerclé de tous les côtés.
Ils lui tiraient la queue et les oreilles, ils glissaient
sur sa trompe, ils montaient sur son dos.

Mais le petit éléphant ne put en attraper aucun.
« Je ne veux pas être un singe ! se dit-il.
Ils sont vraiment trop bruyants ! »

Et il se sauva en se bouchant
les oreilles pour ne plus
entendre leurs
rires moqueurs.

Un perroquet au plumage multicolore
passa dans la lumière du soleil.
– Je veux faire comme toi !
s'écria le petit éléphant.
Apprends-moi à voler !
– Rien de plus facile ! répondit le perroquet.
Et il montra à son nouvel ami comment voler
de branche en branche.
– À ton tour, maintenant !

Le petit éléphant fit un saut, puis un autre et encore un autre.

Mais pour tout résultat, il se tordit deux pattes
et retomba dans l'herbe la tête la première.
– Ne t'inquiète pas, suis-moi ! dit le perroquet.
Je vais te montrer l'endroit où prendre ton envol.

Le perroquet s'envola jusqu'au sommet d'une petite colline.
Le petit éléphant le suivit péniblement en boitillant.
– Fais comme moi, élance-toi, conseilla le perroquet.

Et l'oiseau descendit en planant vers la rivière
qui coulait en bas.

Le petit éléphant respira profondément, prit son élan
et sauta dans le vide en lançant ses pattes devant lui.

Heureusement la rivière était peu profonde.
Le petit éléphant atterrit dans la boue sans trop se faire de mal.

Il remonta furieux sur la rive, le poil mouillé
et avec une énorme bosse qui grossissait sur son front.

C'est alors qu'il entendit un bruit derrière lui.

Le petit éléphant se retourna et aperçut toute sa famille qui buvait un peu plus loin dans la rivière.

Ses parents le regardaient avec étonnement.
Son frère et sa sœur se cachaient derrière leur trompe pour rire.

Le petit éléphant baissa la tête et s'approcha d'eux.
– S'il vous plaît, dit-il d'une toute petite voix,
est-ce que je peux me promener avec vous ?
– Bien sûr, mon garçon, lui dit son papa.
– Viens marcher près de moi, lui dit sa maman.

Après s'être tous rafraîchis dans la rivière,
parents et enfants se remirent en route.

Et c'est ainsi que la famille éléphant au grand complet
continua sa promenade.
Le petit éléphant marchait devant tout heureux.

Le souriceau le plus courageux du monde

Un conte du Grand Nord raconté par Albena Ivanovitch-Lair et Robert Giraud, illustrations de Maud Legrand

Un tout petit souriceau partit un matin pour une longue promenade. Sa grand-mère souris lui recommanda d'être prudent et l'accompagna jusqu'à l'entrée du terrier.

Le souriceau ne revint que le soir, fatigué et affamé.
– Oh, Grand-Mère ! s'écria-t-il. Tu ne devineras jamais ce qui m'est arrivé ! Mais d'abord, donne-moi à manger, s'il te plaît, je meurs de faim !

La grand-mère lui servit une grande part de galette
et une soucoupe d'eau. Le souriceau se dépêcha d'avaler
les premières bouchées, puis il raconta :
– Tu te rends compte, Grand-Mère ! Je suis le plus fort,
le plus agile et le plus courageux de tous les animaux
du monde. Dire que, jusqu'à aujourd'hui, je ne le savais pas !
– Et comment t'en es-tu aperçu ? lui demanda sa grand-mère.

– Tu vas voir ! répondit le souriceau, tout excité. Je suis sorti
du terrier, j'ai marché, j'ai marché et je suis arrivé au bord
d'une mer immense, avec plein de vagues.

Mais je n'ai pas eu peur, continua le souriceau.
Je me suis jeté à l'eau et j'ai traversé la mer à la nage.
Je n'aurais jamais pensé que je savais aussi bien nager.
– Où est-elle donc, cette mer ? interrogea la grand-mère.
– Loin, très loin de notre terrier, du côté où le soleil se lève, répondit le souriceau.

– Je la connais, cette mer, dit la grand-mère.
Elle est en bordure de la clairière du grand chêne, n'est-ce pas ?
– Oui ! fit le petit.
– Mais sais-tu que c'est un renne qui l'a faite ? Un renne, aussi grand que celui que tu vois par la fenêtre, est passé par là l'autre jour, son sabot s'est enfoncé dans le sol et le creux ainsi formé s'est rempli d'eau.

Le souriceau, sans se décourager, reprit :
– Peut-être, mais ce n'est pas tout. D'abord, je me suis fait sécher au soleil, puis je suis reparti.

Il s'arrêta pour croquer un bout de galette, puis poursuivit son récit :
– Aussitôt, j'ai vu une montagne terriblement haute, même que les arbres qui poussaient dessus montaient jusqu'aux nuages.

Plutôt que d'en faire le tour, j'ai décidé de sauter par-dessus. J'ai pris mon élan et j'ai franchi la montagne. Je n'aurais jamais pensé que je pouvais sauter aussi haut !

– Ta montagne aussi, je la connais, dit la grand-mère. Derrière le creux rempli d'eau, il y a une grosse motte de terre couverte d'herbe.

Le souriceau poussa un gros soupir et continua :
– Attends, ce n'est pas fini ! J'ai vu deux ours
en train de se battre. Ils se griffaient, se mordaient
avec leurs vilaines dents rouges.

Il avala encore quelques bouchées avant d'ajouter :
– Mais je n'ai pas eu peur. Je me suis jeté entre eux
et je les ai envoyés balader chacun d'un côté. Je n'en revenais
pas d'être venu tout seul à bout de deux ours !

La grand-mère réfléchit un moment, puis dit :
– Ils avaient de vilaines dents rouges, tu dis ?
Alors, c'étaient des musaraignes.

Le souriceau soupira à fendre l'âme :
– Alors, je ne suis ni fort, ni agile, ni courageux !
J'ai traversé une flaque de rien du tout,
j'ai sauté par-dessus une simple motte de terre
et j'ai bousculé seulement deux musaraignes...

Et il fondit en larmes.

Mais sa grand-mère rit doucement et le consola :
– Pour un si petit souriceau qui ne sait pas encore grand-chose, une trace de sabot est vraiment une mer, une motte de terre est vraiment une montagne, des musaraignes sont vraiment des ours. L'essentiel, c'est que tu n'as jamais eu peur. Donc, tu es bien le plus fort, le plus agile et le plus courageux de tous les animaux du monde.

Le renard qui dompta le tigre

Un conte d'Asie raconté par Albena Ivanovitch-Lair, illustrations d'Aurélie Guillerey

Un jeune tigre rôdait dans la jungle. Son ventre commençait à crier famine. Tout à coup, il aperçut un animal qu'il ne connaissait pas. C'était un renard qui s'était aventuré très loin de son territoire habituel.
Le tigre, tout content, s'imaginait déjà faire un bon repas.

Fatigué de sa course,
le renard somnolait au soleil.

Soudain, à travers le feuillage, il vit le regard jaune du tigre.
Il resta immobile et se mit à réfléchir
à un moyen de se sortir de ce mauvais pas.

Le tigre s'approcha du renard en se léchant les babines,
mais le renard se redressa tranquillement et lui lança :
– Eh toi, viens là ! Je t'attendais. Plus vite !
Je n'ai pas le temps, je suis pressé !

Stupéfait devant tant d'audace, le tigre balbutia :
– Mais... n'as-tu donc pas peur de moi ?

Le renard lui jeta un regard méprisant :
– Fais attention à ce que tu dis !
L'empereur du ciel m'a élu roi des animaux.
Chacun me redoute ici.

« Un si petit animal désigné pour être roi des animaux ?
Un nain sans griffes ni crocs ! »
Le tigre n'en croyait ni ses yeux ni ses oreilles.
– Tu es un fieffé menteur, dit-il.
– Il t'en cuira si tu touches à un seul poil de ma fourrure !
annonça le renard d'un air supérieur.
– Ce n'est pas te toucher que je veux, mais te manger !
ricana le fauve en lui lançant un regard gourmand.
– Malheur à toi si tu désobéis aux ordres
du puissant empereur du ciel ! tonna le renard
en levant sa patte droite vers les nuages.

Le tigre faillit s'étrangler de rire :
– Ha, ha, ha !! Je n'en crois pas un mot !
Toi, l'envoyé de l'empereur du ciel ? Quelle plaisanterie !

Le renard s’approcha encore du tigre et lui lança, le regard noir :
– Suis-moi. Je vais te montrer comme on me craint.
Allons à la rivière et tu verras comment, dès qu’ils me verront,
tous les habitants de la jungle se sauveront.

Devant tant d’audace et d’orgueil,
le jeune tigre s’arrêta de ricaner.
« Après tout, je ferais quand même mieux de vérifier
ce que raconte cette drôle de bête ! » pensa-t-il.
– Bon, allons-y, dit-il au renard en se raclant la gorge,
mais gare à toi si tu m’as menti. À peine arrivé,
je te croque en deux bouchées !

Et les voilà partis, le renard devant, le tigre derrière.
Le renard avançait lentement,
la tête haute, bombant fièrement le torse.
Bientôt, le tigre s'impatienta :
– À ce train-là, nous arriverons
lorsque tout le monde sera reparti !

Le renard s'arrêta, hocha la tête et dit :
– Si tu me portais sur ton dos,
nous y serions beaucoup plus vite.
– C'est certain, dit le tigre. Allez, vite, grimpe !

Une fois le renard installé,
le tigre se remit en route à grands bonds.

Mais ils n'avaient pas fait cent mètres
que le renard glissa à terre.
– Impossible de tenir sur ton dos ! cria-t-il furieux.
Comme tu peux être balourd !
– Je ne sais pas marcher autrement ! dit le tigre.
Allez, remonte !
– Non ! Pas question ! Attends !

Le renard attrapa une longue liane qui pendait d'un arbre
et l'attacha adroitement autour du cou du tigre.
– En avant ! dit-il, en se réinstallant sur son dos,
et en tenant les deux bouts de la liane.

Le tigre se remit en marche d'un pas rapide.
Tel un roi à la parade, le renard tirait sur les rênes
et se dressait dignement.

Un peu plus tard, le cavalier cria :
– Arrête ! Stop ! Tous ces moustiques
me sont vraiment insupportables !
– Il n'y a rien à faire, dit le tigre, l'air en est infesté par ici.
– Non ! Non ! Arrête-toi, ordonna le renard.
Il me faut une baguette pour les chasser !
Le tigre s'arrêta net.

Le renard se mit debout sur le dos du tigre,
cassa une longue branche.
– Allez ! Hou, hou ! Au trot, au trot ! cria-t-il en se rasseyant.
« Sshhh, sshhh ». La baguette fendit l'air tel un sabre.

Le tigre reprit sa marche d'un pas décidé.
En un rien de temps, ils arrivèrent à la rivière.

C’était le coucher du soleil, le moment où les habitants
de la jungle se rassemblent pour se désaltérer.
À la vue de cet équipage insolite, tous les animaux
se figèrent de stupeur.
Mais quand le tigre s’approcha pour leur parler,
ils déguerpirent aussitôt dans toutes les directions.

En un rien de temps, sous le regard incrédule du tigre,
il ne resta plus que la poussière soulevée
par les sabots et les pattes des fuyards.

Le renard, avec une grande satisfaction,
lui déclara :
– Tu l'as constaté de tes propres yeux !
Dès qu'ils m'ont vu, ils se sont enfuis
comme des lapins !
Et le tigre s'inclina devant le renard :
– Tu as raison, dit-il, tu es bien le roi
des animaux.

Le renard partit aussitôt retrouver
son territoire habituel.
Quant au tigre, il resta seul au bord de l'eau,
le ventre toujours vide...

Pourquoi la girafe a-t-elle un long cou ?

Albena Ivanovitch-Lair, illustrations de Maud Legrand

Autrefois, dans les temps anciens,
la girafe était pataude : courte sur pattes,
elle avait un tout petit cou et une queue ridicule.
Elle ne possédait ni l'élégance de l'antilope,
ni la rapidité du zèbre.
Mais ses grands yeux marron lui donnaient
un regard tendre et doux.

Girafe était l'amie de tous car la paix régnait alors
entre les animaux de la savane africaine.
Seul Crocodile faisait bande à part.
Réputé pour sa paresse et sa méchanceté,
il n'attirait pas la sympathie.

Un jour, Crocodile ne fit qu'une bouchée d'un grand poisson.
Mais, glouton comme il l'était,
il avala en même temps une branche qui flottait sur l'eau.
Crocodile ressentit aussitôt une terrible douleur :
le bâton s'était coincé en travers de sa gorge !

Il eut beau se démener : rien n'y faisait !
Ses pattes étaient trop courtes et il ne parvenait pas
à s'en dépêtrer. Le crocodile donna dans l'eau
de furieux coups de queue.

Attirée par le bruit, Girafe s'approcha de la rivière
et tous les autres animaux la suivirent.
Ils découvrirent Crocodile qui se tortillait
dans tous les sens, tentant désespérément
de se débarrasser de la maudite branche.

Crocodile roula vers eux de grands yeux suppliants.
Mais tous restèrent prudemment loin de l'eau.

Seule Girafe s'avança à petits pas vers Crocodile.
Des deux côtés de la rivière, ses amis lui crièrent :
– Attention ! Sois prudente !
– N'y va pas !
– C'est un filou ! Méfie-toi !
– Ne lui fais pas confiance !

Mais Girafe avait bon cœur.
En voyant les grosses larmes qui ruisselaient sur les joues de Crocodile, elle eut pitié de lui et continua d'avancer.

Crocodile sortit tout doucement de l'eau et tourna vers Girafe sa gueule grande ouverte.

Alors Girafe plongea la tête à l'intérieur,
et, du bout des dents, sortit délicatement la branche.
Crocodile soupira de soulagement :
– Merci, chère amie, me voilà sauvé.
Cependant, continua-t-il en se raclant la gorge,
je sens qu'il me reste un petit éclat de bois planté tout au fond.
Puis-je compter sur votre adresse pour me l'enlever ?
– Mais certainement, sourit Girafe, toujours confiante.

Girafe mit de nouveau sa tête dans la gueule
grande ouverte de Crocodile. Erreur fatale !
Fidèle à sa nature, Crocodile ne put résister à la tentation.
CLAC !!!
Il referma sa mâchoire sur le museau de sa sauveuse,
et commença à la traîner dans l'eau.

Indignés, ses amis se précipitèrent au secours de Girafe,
en criant sur Crocodile :
– Ingrat !
– Tricheur !
– Menteur !
– Bandit !

Antilope s'agrippa à l'une des pattes avant de Girafe,
Gazelle attrapa l'autre.
Zèbre s'accrocha à l'une de ses pattes arrière,
Gnou prit la seconde, tandis qu'Autruche saisissait sa queue.

Tous les cinq tiraient de toutes leurs forces Girafe
vers la rive, pendant que Crocodile essayait de l'entraîner
vers les profondeurs.

Singe grimpa dans un arbre et commença à lancer
des noix de coco sur la tête de Crocodile.
Et toute sa famille en fit autant.

De leur côté, Zèbre, Gnou, Gazelle et Antilope
s'arc-boutaient de tout leur poids sur le rivage
pour retenir Girafe qui se débattait.

Face à tant d'adversaires, Crocodile finit par lâcher le museau
de Girafe, et plongea aussitôt pour fuir le jet de noix de coco.

À la surface de l'eau, il ne resta plus que quelques bulles
et la branche qui flottait à nouveau.

Ses amis tirèrent Girafe au sec sur la rive.
Zèbre, Gnou, Gazelle, Antilope, Autruche et Singe
l'observaient pendant qu'elle reprenait son souffle.
Ils étaient si contents de lui avoir sauvé la vie.

Mais quelle surprise quand Girafe se remit sur ses pieds !
Elle était maintenant perchée
sur d'immenses jambes, fines et délicates.
Sa tête se balançait gracieusement
au bout d'un long cou étiré,
et sa queue descendait presque jusqu'au sol.

Depuis, toutes les girafes sont ainsi.
Et ce sont elles qui montent la garde dans la savane africaine.
Grâce à leur grande taille, elles peuvent repérer de loin
les dangers et en avertir leurs amis.

Trois petits chats

Un conte de la tradition raconté par Anne Fronsacq,
illustrations d'Églantine Ceulemans

Maman-Chatte ne se lasse pas
de contempler ses chatons.
Comme ses trois petits sont mignons
avec leurs grands yeux malicieux !

Le premier est tout noir.
Sa fourrure est noire comme une nuit sans lune,
avec juste un minuscule point blanc à l'oreille droite.

Le deuxième est tout blanc.
Sa fourrure est blanche
comme un champ couvert de neige,
avec juste un minuscule point noir sur le museau.

Le troisième est tout gris.
Son poil est gris comme les nuages un jour de pluie,
avec juste un minuscule point noir au bout de la queue.

Aujourd'hui les trois petits chats
se sont installés dans la cuisine.
La pluie les empêche de jouer dehors.

Une souris pointe son museau et saute
dans un grand saladier plein de farine.
Aussitôt les trois chatons bondissent pour l'attraper.

Le saladier se renverse et les voilà tous les trois recouverts
de farine. La souris en profite pour s'échapper...

Les trois petits chats vont trouver leur mère qui fait la sieste :
– Maman ! Maman ! Maman !
La souris a renversé toute la farine !

La chatte ouvre un œil et découvre trois chatons tout blancs.
– Non, non, je ne suis pas votre maman, dit-elle.
Je ne vous reconnais pas. Rentrez vite chez vous.

Et Maman-Chatte se rendort aussitôt.

Les trois petits chats se regardent tout ahuris.

« Pi ! Pi ! Pi ! »
La souris est à nouveau là, et elle se moque d'eux.
Aussitôt ils se mettent à lui courir après.

La souris se faufile dans la cheminée. Ils s'élancent après elle...

Tous les trois piétinent dans les cendres et la suie qui collent à leurs poils.

Et la souris s'échappe à nouveau...

Les trois petits chats vont réveiller leur mère :
– Maman, Maman, Maman ! La souris a mis de la saleté partout !

La chatte s'étire, regarde ces trois chatons bien noirs.
– Non, non, vous n'êtes pas mes enfants ! dit-elle.
Je ne vous reconnais pas. Retournez chez votre mère !

Maman-Chatte leur tourne le dos, et se rendort aussitôt.

Les trois petits chats se regardent abasourdis.

« Pi ! Pi ! Pi ! »
La souris est revenue, et elle rit en les regardant.

Alors les petits reprennent la poursuite.
Les voilà dans la cave à sa recherche.
Tous les trois fouillent dans les coins et les recoins,
et leurs poils ramassent toute la poussière.

La souris, elle, a déjà filé dans son trou.

Les trois petits chats remontent furieux.
– Maman, Maman, Maman ! crient-ils.
La souris a mis le bazar dans la cave !

La chatte se redresse et fait les gros yeux
à ces trois chatons à la fourrure toute grise.
– NON ! NON ! Je ne suis pas votre maman.
Vous n'êtes que des coquins !
Allez-vous-en avant que je me fâche !

Maman-Chatte a crié si fort que les trois chatons,
effrayés, se sauvent à toutes pattes.

Les trois petits chats se sont réfugiés dans le jardin
où il pleut toujours.

Ils sont tristes.
Leur maman les aime-t-elle encore ?
Comment redevenir ses petits chatons adorés ?

La pluie tombe à verse sur les arbres, sur les buissons
et sur... la fourrure des trois petits.

Elle ruisselle tant et tant qu'apparaissent de nouveau...

... un chaton tout noir,
avec un minuscule point blanc à l'oreille droite,

... un chaton tout blanc,
avec un minuscule point noir sur le museau,

... un chaton tout gris,
avec un minuscule point noir au bout de la queue.

Vite, vite, les trois petits chats courent retrouver leur mère.
– Maman ! Maman ! Maman ! Regarde, c'est nous !
– Enfin, vous voilà ! dit Maman-Chatte.
Mon chaton noir, mon chaton blanc et mon chaton gris !
Mais vous êtes tout trempés !
Mes trois petits, venez vite vous sécher !

Le petit chat noir, le petit chat blanc et le petit chat gris
se pelotonnent dans la chaude fourrure tigrée
de leur maman qui ronronne de bonheur.

Pour découvrir les merveilleuses histoires
du Père Castor !